AF582320

LES QUATRE
BOUQUETS
POISSARDS

DE M. VADÉ.

Auteur des Lettres de la Grenouillere.

M·D CCXLIX.

EPITRE DÉDICATOIRE

A L'AUTEUR

Par ses Amis.

IL doit vous paroître étonnant, Monsieur, de voir quelques-uns de vos ouvrages imprimés, sans les avoir vous-même confiés à l'Imprimeur ; & vous devez trouver bien singulier de vous les voir dédier sans peut-etre vous douter de l'intention de ceux qui vous adressent cette Epitre. Quoiqu'il en soit, c'est moins un larcin que nous vous faisons, qu'un hommage autentique que nous rendons à vos talens ; c'est moins aussi indiscretion que zéle, qui nous a déterminés à rendre cet ouvrage public. Quand on a pour objet votre gloire, vos intérêts particuliers & l'amusement général, est-on répréhensible ? & peut-on craindre d'être accusé de temerité ? Toute-fois si vous

étiez mécontent de la liberté que nous avons prise, l'accueil favorable que vos Bouquets recevront indubitablement, nous servira d'excuse. D'ailleurs, que risquez-vous, Monsieur ? N'avez-vous point joui des suffrages de tous ceux qui vous les ont oui réciter ? Les connoisseurs & les gens les plus rigides ne vous ont-ils point applaudi ? » Il sçait (disoient-ils) pro-
» mener ses Auditeurs & ses Lecteurs
» dans une galerie de tableaux gro-
» tesques, l'imagination ébauche ses
» portraits, la vérité broye les cou-
» leurs, la nature les applique, & la
» finesse acheve l'ouvrage. » Que voulez-vous de plus qu'un témoignage aussi satisfaisant ? Le naïf de vos *Lettres de la Grenouillere* est encore remarqué par bien des personnes de goût ; on apperçoit à travers l'envelope burlesque du stile, une intrigue interressante, suivie, & délicate.

Souffrez, Monsieur, que nous fassions succeder à la justice que nous vous rendons, quelques reproches d'amitié sur votre négligence ; êtes-vous pardonnable de ne point achever votre

Poëme de la *Pipe caſſée* attendu depuis ſi longtems ? C'eſt bien dans cet ouvrage que ce vers de Deſpreaux vous eſt applicable :

> Partout il divertit, & jamais il ne laſſe.

Vous avez même ſuivi à la lettre les maximes qu'il donne dans ceux-ci :

> De figures ſans nombre égayez votre ouvrage,
> Que tout y faſſe aux yeux une riante image,
> On peut être à la fois & pompeux & plaiſant.

Quoi ! vous avez ſi bien profité des conſeils de ce grand Maître, & vous reſtez en chemin ? Depuis quand la réuſſite affoiblit-elle l'émulation? Nous vous donnons un mois pour finir ce Poëme, le terme eſt raiſonnable, ſçachant de vous-même que vous en êtes reſté à la moitié du dernier Chant : alors nous vous laiſſerons prendre haleine quelque tems ; mais enſuite nous vous tourmenterons de nouveau pour vous exciter à mettre au jour vos Fables, vos Epitres, & vos Contes, &c. Nous plaidons contre vous la cauſe du Public, en vous excitant à lui faire part de toutes vos productions, perſuadés que ſi nous venons à bout de vous la faire perdre, vous y gagnerez beaucoup; puiſque l'eſtime publique eſt un ſalaire d'un prix ineſtimable pour ceux qui penſent comme vous; ſoyez, nous vous en prions, perſuadé de la nôtre, & de l'amitié ſincere avec laquelle nous ſommes, Monſieur, DEVINEZ.

Nous nous ſommes chargez des frais de l'impreſſion, nous vous rendrons nos comptes dans quelque tems, non pas de la dépenſe; mais bien....

Ne vous fâchez pas, notre propoſition eſt juſte.

AVERTISSEMENT.

IL eſt peu de gens qui n'ayent entendu les femmes des Halles débiter ce qu'elles diſent avec ce ton original qui leur eſt propre, ou tout au moins ſe ſont-ils trouvés avec des perſonnes qui imitent ce langage; il eſt donc néceſſaire pour l'agrément de la lecture de ces Bouquets, de tâcher de prendre l'inflexion de voix poiſſarde aux endroits marqués de guillemets ou lacunes qui ſervent à indiquer le changement de ton.

PREMIER BOUQUET

A MADAME ***.

TOUJOURS l'évenement nous prouve
Que pour trouver il faut chercher,
Et que même souvent on trouve
Ce qu'on ne cherche pas. Tel comptoit denicher
Des Rossignols, déniche des Linottes ;
Mais pourquoi direz-vous cette comparaison
C'est nous dire à propos de bottes
Que le printemps est la belle saison.

Madame, point d'aigreur, ce petit préambule
Vous paroîtra moins ridicule
Quand vous sçaurez que j'ai cherché
Dans plus d'une boutique & dans plus d'un marché
Sans trouver un bouquet digne de vôtre fête :
Même en chemin, s'il vous plaît, je m'arrête
Chaque fois que j'entens crier
Des bouquets pour Nanon Nanette.

Chacun en marchande, en achette ;
J'en choisis quatre ou cinq, j'en reviens au premier,
Le premier me déplaît ainsi que les quatre autres.
Je les replante tous sur le bord du panier.
„ Parlez-donc me dit-on, faut pas tant les ma-
gnier.
„ Vous avez vos dégouts, j'avons y tout les notres
„ Avec son habit rouge, eh ! Monsieux tout en feu !
„ V'nez vous l'zaurez pour rien, reste échapé
„ d'andouille.
„ Y s'en va ; mais c'est vray, tien donc ça vous
„ patrouille
„ Ste marchandise & puis ça part. Adieu.

Dans d'autres tems j'aurois pû me défendre ;
Mais sans m'amuser à l'entendre
Je cours ; une autre se présente à moi :
„ Vla, dit-elle, du beau mon Roi,
„ Tnez voyez-moi tout ça. Vla t'y d'la belle orange,
„ Et des oeillets ! ça parle, on vous voit ça de loin,
„ T'nez, t'nez, fleurez moi ça, ça froit révenir un Ange
„ S'il étoit mort. Pendant ce baragoin
Elle ajuste un bouquet énorme,
Mais aussi gros qu'un gros balay,
Comment le trouvez vous ? Moi lui dis-je ? fort laid.
„ Allez, Monsieux le beau ; Que Charlot * vous
„ endorme,
„ Tirez d'ici, meuble du Châtelet.

* *Nom du Boureau.*

Pareil discours n'est-il pas agréable ?
Je me suis vû donner au Diable
Par cent Vendeuses de bouquets,
Et lorsqu'à leurs transports ces Dames s'abandonnent
Si Lucifer prenoit tous ceux qu'elles lui donnent,
Vous ne me reveriez jamais.

Aussi sans le secours de Flore,
Je prétends vous offrir mon hommage à mon tour.
D'ailleurs votre éclat seul vous pare & vous décore ;
Les Lys de la candeur, les Roses de l'amour
Forment votre ornement & brillent plus encore
Que les fleurs que chacun vous présente en ce jour.

Ah, direz-vous, la ruse est bonne !
Ne pouvant rien donner il fait un compliment.
Nenny da, Madame, un moment,
Sans eau ne baptisons personne :
Flore m'a traité rudement,
Je me suis pourvû chez Pomone,
Et pour Bouquet recevez ce Melon.
Un Melon ! Ah Monsieur badine,
Est-ce pour faire allusion
A notre sexe ? Non, Madame, parbleu non ;
C'est pour manger, du moins je l'imagine,
Je serai content s'il est bon.

SECOND BOUQUET

A MADAME ***.

J'AIME à payer ce que vaut une chose ;
Mais je repugne à la payer deux fois ;
Je suis piqué, je l'avoue & je crois
Pouvoir vous en dire la cause.
C'est vous-même, Madame, ah parbleu j'en rougis !

A deux pas de votre logis
Rencontrant une Bouquetiere
Je l'aborde & lui dis la mere
Faites vite un bouquet. Nous convenons du prix.
Pour qu'il soit plutôt fait je la paye d'avance.
Elle détache une botte de fleurs,
Dieu sçait avec quelle élégance
Elle assortit leurs diverses couleurs.

De feuilles d'oranger galamment décorées,
Pour devenir bouquet il leur manque un lien ;
Comme elle l'achevoit ne s'attendant à rien
Ne voilà-t-il pas les Jurées

Qui viennent tout à coup saisir son pauvre bien ;
Elles sautent sur l'inventaire
S'emparent des bouquets sans oublier le mien.
Ma marchande se désespere ,
Et ne voyant aucun moyen
Pour accommoder cette affaire
D'un coup de pied elle en jette une à terre ,
Bat les deux autres comme un chien ,
Et s'enfuit ne pouvant mieux faire.
Quel scandale ! ah pour moi je croi que la colere
Fait oublier qu'on est Chrétien !

De leurs frayeurs nos trois Dames remises ,
S'en vont pestant d'avoir reçu des coups ;
Je les arrête , & je leur dis tout doux !
Dans les fleurs que vous avez prises
Je reclame un bouquet que j'ai payé. ,, Qui vous ?
Oui moi , tâchez de me le rendre. . . . .
,, Monsieux l'a dit , on ly rendra :
,, Qu'il est genti ! pourtant y se fâche ! y rira ,
,, Sa bouche commence à se fendre
,, S'roit ben dommage de le pendre
,, Car y paroit qu'y grandira.
Vous m'insultez, leur dis-je, & je vais vous apprendre
Qui je suis. ,, Hâ voyez comme il nous l'aprendra ?
,, Mon double cœur ! quand tu serois le gendre
,, Du Diable qui t'emportera ;
,, Pince donc s'bouquet ? tien il n'ose !
,, Donnez-ly du vinaigre , y naime pas l'eau rose.

,, Qui j'ſuis ! eh quéqu'tes? avec ton grand chapeau,
,, Ton habit qui ſe meurt ? & ta fameuſe épée ;
,, C'eſt dit l'autre un Seigneur, un cadet de s'château
,, Qu'eſt tout vis-à-vis la Rapée.

,, Il grinche les dents ! ah j'ai peur ?
,, Parlez-donc Monſieux la terreur ,
,, Faites donc pas comm-ça ? ça gâte le viſage ,
,, Jeruſalem ! ſaint Jean ! mon doux Sauveur !
,, Qu'il eſt dégourdi pour ſon âge !
,, Trois poulets d'Inde & puis Monſieur
,, Feriont un fringant attelage.
Elle en alloit dire bien davantage ;
Mais la troiſiéme par bonheur
Lui dit ,, Finis , tu fais trop de tapage ,
,, Quand on ne te dit rien , t'es ben fier en caquet ,
,, Quoi qui t'a fait ce beau jeune homme ,
,, Et puis qu'il l'a payé , donne ly ſon bouquet.
,, Son bouquet ! craque , il l'aura comme . . . .
,, Parguié tu l'entends ben? qu'il nous lâche dix ſols.
Oh tenez , les voilà ; que ne me diſiez-vous.
Lors de ma bonne foi toutes trois interdites ,
Me donnent quelqu'oeillets par deſſus le marché.
,, Parlez donc mon poulet ? vous n'êtes pas fâché
,, Contre nous autres ? pas vrai dites ?
Moi ? point du tout. ,, Adieu note bourgeois.
,, J'l'avons trop ahuri , ça me fait de la peine,
,, Je devrions toutes les trois
,, Ly faire dire une neuvaine :

„Tu gouaille toi ; mais moi ſi j'étois Reine ,
„ Il ſeroit godard dans neuf mois.

Madame , telle eſt l'aventure
De ce bouquet ſi longtems conteſté ;
Si de vous il eſt accepté
Malgré l'argent , le couroux & l'injure ,
Il ne ſera pas trop cher acheté.

TROISIÉME BOUQUET

A MADAME ***.

QUi mal veut, mal lui tourne, on l'a dit avant moi,
D'autres viendront après qui le diront encore,
Pourquoi ce proverbe ? . . . Pourquoi !
Vous l'allez voir. Aujourd'hui dès l'aurore
Je pars de mon logis, ou peut-être d'ailleurs ;
J'arrive dans l'endroit où Flore
Voit à regret qu'on livre ses faveurs :
Où chaque Nymphe avec adresse étale
L'une des fruits, l'autre des fleurs ;
Cet endroit, Madame, est la Halle.
Vous devinez pour quel sujet
J'ai si matin visité cette Place ?
Pour vous choisir un passable bouquet :
L'heure, le bruit, le tems, les cris, rien n'embarasse ;
J'en achete un, mon achat fait
Je veux passer. Vous croyez que l'on passe

Dans ces lieux là comme on veut ? Point du tout.
Deux Commeres étoient aux prises,
Et disputoient un panier de cérises.
Enchanté ! je veux voir la scéne jusqu'au bout,
On s'échauffe, mille sottises
De s'empoigner leur donne l'avant-goût.
„ Ah disoit l'une, on te les garde !
„ Chatouillez-ly ses p'tits boyaux
„ Tu les auras, Vierge de corps de garde !
„ Quand j'aurai rendu les noyaux.

Maints gros jurons couroient la poste,
C'étoit à qui donneroit le dernier,
Après riposte sur riposte
On a partagé le panier.

Moi, riant des bons mots qu'elles venoient de dire,
Pour en entendre encor je reste entr'elles deux.
„ Mais dit l'une, vois donc que souhaite Monsieux !
„ Comme il est là ? Quoi donc qui le fait rire,
„ Parlez donc p'tit Jesus de cire
„ Vous étes comme un amoureux,
„ Comme le vla fleuri ! v'nez ça qu'on vous admire
„ Ah Geavotte les beaux p'tits yeux !
„ Qu'ils sont bryans ! viens donc voir, on s'y mire.
Soudain je me vois entouré
De six ou sept, & par dégré
On s'aprivoise, on rit, l'une m'arrache
Une grenade & du Jasmin,

Puis à ſon côté les attache,
Et l'autre me lâchant un grand coup ſur la main
Me fait ſauter le reſte. Allez vous en au diable
Mes Dames, avec vos façons !
Eſt-ce que nous nous connoiſſons
Pour plaiſanter ainſi ? ... „Chien ! qu'il eſt raiſonnable !
„ On ne le connoît pas, hé non !
„ Vous allez voir ! Te ſouviens-tu, Manon,
„ D'avoir vû danſer dans ſte Place
„ Ste gueuſe à qui Charlot avoit mis ſous l'menton
„ Un grand déſeſpoir de filaſſe ?
„ C'étoit ſa mere, envreté d'Dieu...
„ Dis donc pas ça toi, ça le fache,
„ C'eſt l'bâtard à Monſieux Mathieu
„ Donneur d'Eau-bnite à ſaint Euſtache.
„ Ah la belle veſte fond bleu,
„ Vois-tu la frange au bas ! Madame !
„ C'eſt comme un repoſoir, & S. Gile au milieu !
„ Quoi donc, l'épée au vent ! Ah voyons donc la
„ lame ?

Ah, dis-je, c'en eſt trop, morbleu,
Je ne puis ſoutenir des injures pareilles.
Si vous ne ceſſez votre jeu
Je vais vous couper les oreilles.
„ Les oreilles ! Mon cher enfant !
„ Queu poſſedé quand il eſt en colere !
„ D'puis qu'il eſt r'venu de galere,

„ Il est quatre fois plus méchant !
„ Ly ! mechant ! non , y fait semblant.
„ Il a l'air tout défait ; mais c'est toi qu'en est cause,
„ Ne l'agonisons plus , mais tien
„ Faisons-ly payer queuque chose ,
„ Va , va-t'y ? va. Je le veux bien ;
Au même instant les coquines m'entraînent ,
L'une tirant , l'autre poussant me mennent
Chez un marchand de brandevin.
„ Sans vous qu'mander , note voisin
„ Lâchez-nous , s'il vous plaît , chopine
„ De passe en magner' d'eau divine ,
„ V'la Monsieux qui n'est pas vilain
„ Qui nous régale , aussi j'aimons plus que ma vie.
„ Allons bijou , mettez-vous là ;
„ Babet,varse à Monsieux. Aimez-vous l'eau de vie ?
Non , je ne bois point de cela. . . .
„ Ah mon Dieu,de cela ! Manon ? comme ça parle ?
„ Buvez-donc ? queu façon , t'nez quand c'est avalé
„ Ca court dans l'cœur , ça vous le r'carle
„ Dame , on vend y tout du meslé ,
„ En voulez-vous , Monsieux l'enflé ?
„ Y n'aime p'têtre pas à boire dans des tasses.
„ Eh bien, veut-il un verre ? Hé non ! ... En verité ?
„ Hében donc , à vote santé.
Vous me faites honneur, je vous rends mille graces...
„ Ah j'aimons mieux le benédicité.
„ Allons tais toi Fanchon,vas,tu ne sçais pas vivre ;
„ Vois tu pas ben que c'est un compliment ?

„ Monſieux a lû l'écriture d'un livre,
„ Ca fait que ſa magniere accueille poliment,
„ Pas vrai, Monſieux ? ... Quoi gn'y a plus de quoi
„ boire ?
„ J'irons ben juſqu'à trois d'miſtiers
„ Si Monſieux veut. Ah volontiers.
„ Dépéchez-nous, pere Gregoire,
„ Moitié de ça vite, allerte, & du bon.
„ Ca, faut nous excuſer, nott'-Maître ;
„ Car vous nous en voulez peut-être ;
„ Mais en vous demandant pardon
„ Et vous baiſant, je ſerons quittes.
Ce n'eſt pas tout ce que vous dites
Qui m'offenſe le plus ; mais c'eſt
De m'avoir jetté mon bouquet,
Et pour en trouver un de même
Auſſi frais, auſſi beau. . . . „ Vous me donnez
„ l'loquet
„ Avec votre chien de regret,
„ C'eſt vrai, tien donc, le vla tout blême.
„ Allez, ne vous chagrinez pas,
„ J'allons aller cheux mon oncle Batiſte
„ Qu'eſt un fier Jardinier fleuriſte,
„ Il a des fleurs juſqu'à la ſaint Thomas :
„ Ce n'eſt pas bien loin qu'il demeure ;
„ Drès que j'aurons bû ça j'irons.
„ Allons Babet acheve, & puis partons,
„ Monſieux paye-t-y tout ? Oui. C'eſt bon, v'nez à
„ s't'heure :

„ Quoi donc !C'eſt pas par-là ! Comme y court ? Y
„ s'en va !
„ Dites-nous donc adieu, hé Daniel, bon voyage,
„ C'eſt pourtant l'bon Dieu qu'a fait ça !
„ Queu malin chien ! Parlez la belle Image,
„ Courrez donc pas ſi fort, vos molets vont tumber,
„ Rangez-vous donc de ſon paſſage !
„ Il a le mors aux dents, garre ! y va regimber.

Graces à mes pieds, de leurs mains je m'échape,
Proteſtant bien qu'avant qu'on m'y ratrape
On verra vos attraits le ceder à Venus,
En deffauts changer vos vertus,
Et mon reſpect, mon amitié, mon zèle
Déſavouer mon hommage fidelle.

QUATRIÉME BOUQUET

A MADAME ***.

QUOI, je ne pourrai pas vous donner un bouquet
Sans risquer quelques invectives ?
Sans essuyer de ces femmes rétives
Tout ce que leur maudit caquet
Va recueillir dans les archives
Des Ports, des Halles, du Guichet ?
Bon ! direz-vous, qu'est-ce que celà fait ?
Vous ripostez à leurs façons naïves
Vous en riez vous-même.... Oh non pas s'il vous plaît.
Aurois-je débuté par des rimes plaintives
Si je n'étois tout stupefait
De ce qu'elles m'ont dit en paroles trop vives ?
Fort sérieusement je vais conter le fait.

Vers le milieu de votre rue
Une femme s'offre à ma vue
Avec un corbillon sur son ventre perché

Des bouquets à l'entour. „ Monsieux , Monsieux ,
„ dit-elle
„ Vous oubliez du fin. Je me suis approché ;
Je voudrois , ai-je dit , la fleur la plus nouvelle. . . .
„ Prenez s't'orange là gn'ien a pas dans l'marché
„ D'plu mieux. Combien ? vingt sols en conscience;
Les recevant elle a lâché
Un ris suspect à ma prudence :
En effet avec défiance
J'examine & je vois mon bouquet attaché
Au bout d'une allumette. Ah , dis-je , l'impudence!
Mais votre bouquet est fiché ,
Il n'a point de queue. . . . „ Allez gonze !
„ S'il est fiché ; vous , vous êtes fichu
„ Chien d'Aumônier du Cheval de bronze
„ Bel ange à double pied fourchu ,
„ Demandez-moi quoi qui me d'mande
„ Avec son visage sans viande ,
„ N'avez-vous pas achetté , voyons , parlez.... Oui ,
„ oui ,
Mais tenez, gardez-le... „ Mon fiston , grand merci ,
„ Queux gracieusetés. . . . Allez , laissez-la dire
Me dit une autre en s'aprochant ,
„ Ly répondre ça seroit pire ,
„ All vous grugeroit d'un coup d'dent ;
„ Hé Thérese dit la premiere ,
„ Tu vois ben s'Monsieux ? C'est un chien
„ Qui m'trumproit s'il ne valoit rien ;
„ Car il vous a la mine fiere

„ Et le cœur doux. Eh mais ! Il est en deuil,
„ Ca vous va ben ! ça sied à vott' figure,
„ Il a les graces d'un cerceuil
„ V'nez m'baiser, v'nez... Ah t'es trop dure,
„ T'nez, Monsieux, moi j'vas vous accommoder;
„ Soit dis-je.... Ah ça n'va pas tarder,
„ J'm'en vante. L'autre que le Diable
Chargeoit du soin de me faire damner,
Les bras croisés, d'un œil désagréable
S'occupoit à m'examiner.
„ Quoi, dit-elle fareau ! vous portez donc la tuette ?
„ Mais répond l'autre, all est bien faite :
„ Pour Monsieux.... Ly ? C'est l'fils d'queuqu'
„ Vitriers.
„ A quoi donc qu'tu vois ça ? ... Droit aux yeux ça
„ se jette ;
„ Tien, il a des panneaux de verre à ses souliers,
„ Vois-tu comm'-ça tarluit ! chien ! ça m'ébarluette,
„ Ba, tais toi donc, sont des blouqu's à diamans.
Hé morbleu, dis-je à la seconde
Dépéchez-vous donc.... „ Monsieux gronde.
„ Therese, as-tu fini ? Tu fais bisquer les gens,
„ Faut qu'il aille porter ses billets d'entermens,
„ Dépêche-toi.... Que je m'depêche ?
„ S'il est pressé, quéqui l'empêche
„ De fouiner *... Je la prends au mot
Et je pars ; ... „ Parlez-donc ? vieux manche de gigot

* Sen aller.

„ L'homme ! eh l'homme au bouquet ſans queue ,
„ V'nez , c'eſt qu'on rit Monſieux ragot ;
„ Il ſent l'damné d'un quart de lieue ;
„ Vous arrivrez core aſſez tôt
„ Pour faire peur. . . . Allez , Madame ,
„ Par charité donnez-ly l'bras ,
„ Le vent va l'envoler , car il ne peze pas
„ La moitié de ſa fine lame.

Juſques chez-vous elles mont pourſuivi ;
J'y ſuis donc enfin , Dieu merci.
Mais n'attendez point je vous prie
Ni bouquet , ni la moindre fleur
Non pas même un ſouhait flatteur
Pour votre perſonne cherie ,
Je ſuis de trop mauvaiſe humeur.
Je me borne à vous rendre compte
De mon guignon & de ma honte ;
Et votre eſprit vif , doux , leger touchant ,
Vos attraits , vos vertus , votre amitié ſincere ,
Ainſi que votre excelent caractere
Se paſſeront de compliment.

FIN.

www.ingramcontent.com/pod-product-compliance
Lightning Source LLC
LaVergne TN
LVHW050509160826
845677LV00003B/1034

* 9 7 8 2 3 2 9 6 4 1 3 7 9 *